KB050089

주남지의 새들

시작시인선 0231 주남지의 새들

1판 1쇄 펴낸날 2017년 5월 22일
1판 3쇄 펴낸날 2020년 2월 10일
지은이 배한봉
펴낸이 이재무
책임편집 박은정
디자인 이영은
펴낸곳 (주)천년의시작
등록번호 제301-2012-033호
등록일자 2006년 1월 10일
주소 (03132) 서울시 종로구 삼일대로32길 36 운현신화타워 502호
전화 02-723-8668
팩스 02-723-8630
홈페이지 www.poempoem.com
이메일 poemsijak@hanmail.net

ⓒ배한봉, 2017, printed in Seoul, Korea

ISBN 978-89-6021-322-7 04810
       978-89-6021-069-1 04810(세트)

값 9,000원

주남지의 새들

배한봉

천년의
시 작

아름다움이 태어나는 곳은 다가가는 만큼 멀어진다. 그럼에도 끊임없이 촉수를 뻗을 수밖에 없는 것이 시의 운명임을 새삼 느낀다.

많이 돌아왔다.

춥고 막막한 길, 그 공복의, 파릇한 허기로 시집을 묶는다.

인간 삶과 자연의 아름다운 조화, 생명력의 본질적 순수를 향한 도정에 내 시가 있기를 나는 늘 소망했다. 이 시집이 보듬고 있는 사랑과 눈물, 혹은 햇볕과 바람이 한 사람이라도 따뜻하게 해줄 수 있다면, 우리 삶에 윤기를 더할 수 있다면 나는 조금이나마 누추함을 벗을 것이다.

더불어 살아가는 이 땅의 아름다운 분들에게, 아버지 어머니께 이 시집을 바친다.

창원 주남지에서
배한봉

차 례

시인의 말

제1부

빈 곳

암벽 틈에 나무가 자라고 있다. 풀꽃도 피어 있다.

틈이 생명줄이다.

틈이 생명을 낳고 생명을 기른다.

틈이 생긴 구석.

사람들은 그걸 보이지 않으려 안간힘 쓴다.

하지만 그것은 누군가에게 팔을 벌리는 것.

언제든 안을 준비돼 있다고

자기 가슴 한쪽을 비워놓은 것.

틈은 아름다운 허점.

틈을 가진 사람만이 사랑을 낳고 사랑을 기른다.

꽃이 피는 곳.

빈 곳이 걸어 나온다.

상처의 자리. 상처에 살이 차오른 자리.

헤아릴 수 없는 쓸쓸함 오래 응시하던 눈빛이 자라는 곳.

능금

붉은 능금 향긋하여 나는 먹을 수 없네.
이 단내는 꽃의 냄새.
나는 꽃향기를 깎을 수 없네.

나보다 먼저, 나보다 더 오래, 능금 꽃 앞에서 울던 벌
이여.

이 한 알의 보석에 박힌 수백 개 태양을 나는 깎을 수 없네.

달에 옥토끼가 살지 않는다는 것을 이미 오래전에 알아
버렸을지라도,

과육의 충실에 스며든 은하의 별들을,
이 빛나는 황홀을
나는 어찌할 수 없네.
가슴의 두근거림을,
능금빛 사랑의 믿음을
나는 차마 깎을 수 없네.

복사꽃 아래 천 년

봄날 나무 아래 벗어둔 신발 속에 꽃잎이 쌓였다.

쌓인 꽃잎 속에서 꽃 먹은 어린 여자아이가 걸어 나오고, 머리에 하얀 명주 수건 두른 젊은 어머니가 걸어 나오고, 허리 꼬부장한 할머니가 지팡이도 없이 걸어 나왔다.

봄날 꽃나무에 기댄 파란 하늘이 소금쟁이 지나간 자리처럼 파문지고 있었다. 채울수록 가득 비는 꽃 지는 나무 아래의 허공. 손가락으로 울컥거리는 목을 누르며, 나는 한 우주가 가만가만 숨 쉬는 것을 바라보았다.

가장 아름다이 자기를 버려 시간과 공간을 얻는 꽃들의 길.

차마 벗어둔 신발 신을 수 없었다.

천 년을 걸어가는 꽃잎도 있었다. 나도 가만가만 천 년을 걸어가는 사랑이 되고 싶었다. 한 우주가 되고 싶었다.

강의 이마를 짚어주는 저녁 어스름

물고기에게 물은 살과 피, 아니 먼 조상들, 아니 물고
기에게
물은 연인, 아니 아니 물고기에게 물은
달을 품고 있는 우주

나는 한 번도 물속에서 살아본 적이 없다
물고기만큼 물을 사랑하고, 물과 키스하며
안과 밖이 맑은 물로 채워진 세계가 되어본 적 없다

지금은 강변 모래사장을 잃은 물이 뿌우연 침묵으로 아
우성치는 시간

자궁을 긁어내고 혼절한 여자처럼
원치 않던 바닥을 긁어내고 누워 있는 강

나는 한 번도 물에서 살아본 적 없다고 세 번 부정하지만
내가 사는 세계의 안과 밖에는 물이 가득 차 있다

그러니까 나나 당신이나 물이 아픈 세계에서는 살 수
없는

우주의 물고기

과거의 나에게, 아니 아니 미래의 우리에게
보狀를 풀어달라 아우성치는,
지금은 뿌우옇게 아픈 강의 이마를 저녁 어스름이 짚어
주는 시간

알

　감나무 꼭대기 홍시
　장대 들이밀자 바알갛게 익은 홍시 하나 그만 덤불 언덕
에 떨어진다
　홍시의 추락은 세상을 버림으로써 세상의 중심이 되는 일
　떨어져 안착한 홍시는 누렇게 마른 덤불이 붉고 큰 새알
하나 받쳐 든 것 같다
　그럼으로써 덤불은 새로운 세계의 한 풍경으로 아름다
워진다
　밤새도록 내 영혼의 골짜기에서 울던 새들이 필생의 힘
을 다해 낳아놓은
　울음덩어리도 붉고 큰 새알 되고 싶을 것이다
　태양과 달이 수백 번도 더 잠들었다 깨어나기를 반복하
며 만들었을 알
　바람과 구름의 말이 줄啐 소리와 탁啄 소리로 스며들어 있
을 알이 되고 싶을 것이다
　다시 장대를 들이밀자
　어깨가 아프다
　내 안에 달린 둥글고 붉은 어떤 것을 떨어뜨리려고 중력
이 힘껏 내 어깻죽지를 잡아당기는 모양이다
　가지 축 늘어진 감나무들

저들도 오십견을 앓는 것일까

뼈 마디마디에서 바람 꺾어지는 소리 들린다

나는 홍시를 놓친 것이 아니다

손돌바람이 점령한 늦가을 하늘의 숨은 온기를 지상에
데려온 것이다

덤불 언덕을 우주의 붉은 중심으로 만든 저기 저 천의무
봉의 알 하나

누추하고 쓸쓸해서 아픈 한 세상이 환해진다

새 세계를 얻으려면 제일 먼저 가지고 있던 세계를 놓아
야 한다

명시

꽃시장 상점마다 백합 수선화 아네모네…… 둥근 알들이
한 자루씩 붓을 힘차게 뽑아 들고 있다
봄에 대한 명시를 쓰려는 것이다
모필毛筆의 반쯤 열린 분홍 입속에서
은밀하게 성숙되는 꽃의 시
한 번만 읽어도 감동 잊히지 않는
새 어법의 향긋한 시행들이
겨울 새벽의 미농지 위에 노랗게 또는 발갛게
처음이라 더 달큰한 꽃 몸살로 기록되고 있다.

한 자루 붓을 뽑아낸 알의 힘은
당신에 대한 그리움이다
기다림이라는 붓끝에서 개화하는
신생의 목록은 아기 심장처럼 두근거리고 있다
비루한 시간들을 견디게 한
꽃이라는 불이 켜지고
죽음보다 힘센 절망의 그림자를 덜어내는
그 불빛만큼 당신을 기다려온 사람도 환하게 켜진다.

나는 지금 꽃의 시가

그리움의 세포와 세포 사이에
맑은 종소리로 채워지는 소리를 듣는다
이 종소리를 기억하는 한
겨울을 건너지 못할 사람은 없을 것이다
꽃의 문장은 꽃샘의 질투 때문에 더 아름답고
우리 걸어가야 할 길은
그 문장으로 인해 오래 따뜻하고 환하다.

수평선

저 빨랫줄 참 길게 눈부시다

태양을 널었다가
구름을 널었다가

오징어 떼를 널었다가
달밤이면 은빛으로 날아다니는 갈치 떼를 널었다가

옛날에는 귀신고래도 너끈하게 널었다는

그래도 아직 단 한 번 터진 적 없는
저 빨랫줄

한라산과 백두산이
가운데쯤에 독도를 바지랑대로 세워놓고
이쪽, 저쪽에서 팽팽하게 당겨주는

참 길게 눈부신
저, 한국의 쪽빛 빨랫줄

모과 냄새

새벽은, 모과 냄새를 가지고 있다
세계가 박동할 때마다
핏줄 꿈틀거리게 하는 그것은
아침이 되려는
시간의 상큼한 발효 냄새
푸르름 배인 미명 속의 그 샛노란 향기를
도시 아이들은 이제 석유 냄새와 구별하지 못한다
멀리 초롱거리던 샛별이 흐릿하다
도시는 자꾸 시골로 들어가 새 도시를 만들고
나는 도시로 나와 자꾸 모과 냄새를 잃는다
신선한 새벽을 잃고
동트는 풍경을 잃는다
이제는 뼈가 쑤시고 머리가 아프다
그래, 모과 냄새를 잊기면 미래가 아프다
새벽은 모과 냄새를 가지고 있어야 한다
모과 냄새는 아침의 발원지
제 몫만큼 계속 샘솟아야 한다
제 몫만큼 계속 흘러가야 한다

붉은 달

붉은 달을 뚫고 새 떼가 날아갔다.

외줄기 바람이 그냥, 일 없이 미루나무 가지 끝을 흔들었다.

어깨 구부정한 산줄기가
시냇가에
아무 일 없다는 듯 담백하게 낙엽 몇 장을 옮겨주었다.

붉은 달을 품은 새 떼가 어릴 때 죽은 형의 새까만 눈망울처럼 날아갔다.

자꾸 먼 곳이 만져졌다.
별이 한 번 떴다 지면 백 년이 고인다는 먼 곳.

지구의 목덜미에 찍힌 우주의 지문이 다 보였다.
너무 맑아서 담백하게 외로운
먼 곳이 자꾸, 지구인들의 거주지로 걸어오는 것 보였다.

주남돌다리

돌 속에 꽃이 피어 있다. 꽃이 아른거리고 있다.
주천강을 가로지른 주남돌다리의 넓은 판석이
꼼짝도 하지 않으면서 꽃을 낳고 있다.
옛집 마루의 햇빛 쏟아지는 다듬잇돌에 피던, 바로 그 꽃
꽃들은 금세 강물에 뛰어들어 멱을 감는다.
무장무장 봄볕 먹고 태어나 반짝거리는
저 꽃, 800년 시간의 들판과 협곡 건너온
바람과 햇살의 순정이 농축된
돌다리의 문장이다.
저 문장 읽을 줄 아는 사람은
주남돌다리를 건널 때, 필시
마음 깊이 담아놓았던 사랑도 같이 읽었을 것이다.
돌 속의 꽃이 천 년을 향해 걸어가듯
마음속 사랑은 천 년을 바라보았을 것이다.
둔치의 자운영 한 무더기가, 저도
천 년 사랑이 되고 싶다는 듯
자줏빛 꽃구름 그림자를 강물에 흘리는 오후다.

꽃게

가을이면 나무는
동물성을 가진다
꾸물꾸물 바글바글 나무마다 지천인 꽃게
햇빛이 잘 익혀놓은 나뭇잎 꽃게

저것 봐라, 저도 애타는 한 생각이 불타오를 때는
팔랑팔랑 공중을 날아
하늘을 바다로, 구름을 은신처 모래펄로 삼는다

그러다가 땅에 내려와 기어 다닌다
바스락거리며 소소바람 파도에 몸 뒤집으며
붉은 영혼을 흘리는 식물성 꽃게

소녀들은 책갈피에
꽃게를 끼워두었다가
어른이 되면 추억이라는 꽃게해물탕을 끓여 먹는다지
아프고 슬픈 날
그 나무 아래 묻어둔 편지를 꺼내 읽으며
처녀 때의 감성을 게살처럼 발라 먹는다지

이쁜 집게발에 물리고 싶어 내가 쫓아다니던
꽃게는 어디 갔을까
한숨을 포옥 내쉬는 산국화 노란 꽃그늘

시린 밤 오기 전에
뜨겁고 붉은 생각을 새겨야겠다는 듯 분주하게
창천 바다에 뛰어드는 꽃게
워즈런즈러니 내 심장을 뜯어 먹는 가을 꽃게

봄비

당신은 새 잎사귀의 걸음으로 내게 들어왔다
하늘에서 대지로 조용조용 속삭이며 노크하던
당신의 발자국 소리에 맞춰 심장이 뛰고
피가 돌아 세계의 상처에 살이 차올랐고
구름의 눈썹 아래로 휴가 떠난 태양의 안부가 궁금했지만
간절했던 것들은 간절하게 자라서
척박한 페이지에 초록빛 문장을 새겨 넣었다
알몸으로 거울 앞에 서면 그새 새로 출간된
날개가 내 겨드랑이에서 언뜻 보였다
투명한 잎사귀의 걸음으로 당신이 내게 들어올 때
나뭇가지 안에 갇혀 신음하던 그 춥고 아픈,
간절한 것들이 찍어놓은 푸른 바코드
젖은 말들이 도처에서 재잘대며 걸어 나오고 있다
당신의 아이들이 재잘대며 달려 나오고 있다

11월

늑골 뼈와 뼈 사이에서 나뭇잎 지는 소리 들린다

햇빛이 유리창을 잘라 거실 바닥에 내려놓는 정오

파닥거리는 심장 아래서 누군가 휘파람 불며 낙엽을 밟고 간다

늑골 뼈로 이루어진 가로수 사이 길

그 사람 뒷모습이 침묵 속에서 태어난 둥근 통증 같다

누군가 주먹을 내지른 듯 아픈 명치에서 파랗게 하늘이 흔들린다

침묵의 기원

문장이라는 짐승을 잡으려고 놓아둔 덫이 녹슬어 있다.
녹슨 덫을 풀들이 휘감고 있다. 달래라도 몇 뿌리 건질까
싶어 호미 꺼내는데

깜깜하다.

깜깜해서 술 먹고, 술 먹고 눈뜬 지 사흘. 돈도 못 벌고,
밥만 축내는 이 축생, 누가 좀 안 잡아가나, 홧김에 쾅 방문
을 닫고 나서는데 휘청,
현기증이 발목을 휘감는다. 거울을 보니 침묵이 눈동자
를 걸어 잠근다.

책장에는 문장이라는 짐승의 싱싱한 콧김 대신 박동 없는
그녀의 심장이 고요히 말라가고 있다.

하느님. 멧돼지 같은 이 슬픔 좀 삭아서 올해엔 과수원에
뿌릴 거름이나 되었으면 좋겠군요. 마음이

먹장구름이다. 우박 폭우를 동반한 폭풍

덩어리, 덩어리째 마음 캄캄한 축생아.

문장이라는 짐승이 시커멓게, 떼로, 누 떼가 강 건너듯 삶을 건너고 있다.

주남지의 새들

해 지는 하늘에서 주남저수지로
새들이 빨려 들어오고 있다, 벌겋다, 한꺼번에 뚝뚝, 선
지빛으로 떨어지는 하늘의 살점 같다

한바탕 소란스러운 저 장관
창원공단 퇴근길 같다

삶이 박아놓은 가슴팍 돌을 텀벙텀벙 단체로 시원하게 물
속에 쏟아내는 몸짓 같다, 온몸으로 그렇게
삶을 꽉 묶어놓은 투명한 끈을 풀고
집으로 돌아오는 가장들,
그 질펀한 힘이 선혈 낭자한 시간을 주남저수지 물바닥에
까지 시뻘겋게 발라놓았겠다

장엄하다, 이 절정의 파장
삶의 컴컴한 구덩이조차도 생명의 공명통으로 만들 줄
아는
저 순하고 아름다운 목숨들,
달리 비유할 것 없이 만다라의 꽃이다

저 꽃 만져보려고 이제는 아예 하늘이 첨벙 물속에 뛰어
드는 저녁이다

제2부

감포 깍지길

바람이 온다고 나는 말했다.
바람이 간다고 그는 말했다.

그와 나 사이를 바람이 지나갈 때

그는 숨소리가 간다 하고
나는 숨소리가 온다 했다.

육지와 바다의 손깍지에 핀 꽃처럼
살랑살랑 우리가 한 송이로 서 있을 때

새들이 날아올랐다.
날아올라 하늘을 짊어진 새들이
시간을 잘라내듯
어느 순간 내 시야를 베어버렸다.

눈먼 사랑이 온다고 나는 말했다.
눈먼 사랑이 간다고 그는 말했다.

수련을 위하여

주남저수지, 새가 날아오르는 길에는 새벽과 아침 사이
의 여운이 있다

수련 꽃봉오리들이 옹알이하며 보드랍게 빨아먹는 뿌우
연 젖, 자꾸 감추고 싶어 하는 물안개의 부끄러움이 있다,
그 사이에서
차츰 저수지를 더 웅숭깊게 하는, 촉촉하게 젖은 아침
의 마알간 눈

그 눈빛이 너를 불러온다
아직도 마음 한쪽 끝이 붙잡고 있는, 공복의, 파릇한 허
기 같은 그리움

일제히 물안개 지우며 선명하게 펼쳐지는 저수지 풍경
같이
햇살 속에 놓여져 이제는 스스로도 어쩔 수 없는
마음이 투두둑, 터지는 실밥 같은, 수련 꽃봉오리를 열려
는지 다문 입 자꾸 움찔거린다

새 떼를 떠메고 날아올랐던 저수지가 시퍼렇게, 드높은

하늘이 되는 순간이다

신화의 탄생

그리움은 늘 달이 훤히 비치는 수면 같아서 잠든 수련은 꽃몽오리가 아프답니다 아직은 아니라고 때가 멀었다고 달빛을 받은 물살이 이마를 살살 문지를 때마다 몸살은 얼마나 또 깊고 오래가는지요.

먼 곳에서 온 바람이 새기는 물결의 문장에 마음을 묶어두어도 마음 밖에는 자꾸만 아프게 달아오르는 몸이 있어요 불쑥불쑥 날카로운 별빛이 찔러대는 바람에 얼마나 또 깊은 숨을 들이마셔야 하는지 몰라요.

만삭의 달이 아이를 낳으려고 물에 은이불을 깔았어요 왕버들이 그림자를 풀어 금줄을 칩니다 물속 깊은 말씀들이 더 깊숙해집니다 아프게 자꾸만 달아오른 내 몸에도 금이 가서 어둠이 화안해지면 속수무책의 그리움보다 더 깊어질 물속 말씀들이겠지요.

그리움이 얼마나 애잔한지 모르는 어린 물고기들이 달의 아이를 먹어치운 꽃몽오리의 울대를 톡톡 건드려요 수련 겨드랑이에 아슬하게 숨겨둔 울음이 자꾸만 부풀어 올라요.

달은 자꾸 아이를 낳아요 달의 뱃속에 어제저녁의 태양이 들어 있는지 모르죠 그렇지 않다면 수련이 배가 불러 터질 때까지 달에게 아침을 빌려줄 리 없지요.

비

하늘에서 여인들 속삭이는 목소리가 가느다란 선을 그으며 내린다.

깊다, 하늘에서 사색의 줄이 미끄러져 내려오는 소리.

수련은 비가悲歌를 듣는 사내의 귀처럼 둥글게 깊어지고,
수면은 온통 빗줄기가 만든, 겹쳐지는 동그라미 문양이 새겨진 수궁水宮이다

아직은 한낮,
심장 깊이 밀어 넣었던 꽃봉오리의 박동을 파문 위에 펼쳐 보이는 수련들, 내가 너로 인해 무진장 환하게 피듯

그리움은 모두 혁명이다.

우주에서 어둑한 무게를 들어낸 만큼 수련 꽃봉오리들이 잠 깨고 있다. 그러나 인간의 눈에는 아주 가늘게
여인들이 미끄러져 내린다. 무어라 무어라 귓속말을 하며 아주 먼 곳에서 가까운 곳으로, 나와 더 가까운 곳으로……

너를 만나려고 강이 되었다

저기, 능가사 돌부처 이마에 노을이 고여 출렁이는 것은
강이 천천히, 안 흐르듯 휘돌아 흐르기 때문이다

그대가 만약 저기 능가사 돌부처 이마에 가득 고여 출렁
이는 노을이
강물의 그리움이 퍼 올린 것임을 안다면,

안 흐르듯이 천천히 휘돌아 흐르는 강이 벼랑의 둘레를
다 안아보려고 팔을 길게, 길게 뻗치는 순간을 본 것이다

아, 검푸른 석벽을 안고 휘돌아 휘돌아가서는
만 리 밖 바다
파도로 일어서는, 강의, 길고 긴, 힘센 그리움을 미리 만
난 것이다

수련을 기다리며

꿈을 향해 오래 걸어온 자들의 골수가 모인 곳

잠든 수련 이마에 물은
나지막한 숨결의 문장紋章을 보낸다

그 문장엔
꿈꾸는 자의 닳은 무릎 뼛가루가 묻어 있다

그것을 우리는 물안개라 부르고 그리움이라 부르기도
한다
그러니까 저 고요한 저수지는

꿈꾸는 자들의 푸른 내심內心이 만든 것

물컹한 관념을 관통한 뿌리와 이파리의 화살촉이
실은 수련이라는 것

너를 기다리다 죽은 말들이
떼 지어 시커멓게 날아다니는 혼돈의 시간을 건너
팽팽하게 밀려오는 어떤 힘들을

나는 만다라 문양 같다고 말하려다 그만둔다

위독할수록 사랑은 더 간절해지는 법이다

수련의 아침

새가 날아오르자 저수지도 날아오른다
잠 덜 깬 눈 비비던 늦봄 아침의 꽃봉오리도 함께 날아
오른다

내가
내 삶의 한계와 결핍을 연민하는 사이

수련 꽃봉오리 안에는
신생의 박동 저편에서 밤새 써놓은 별의 노란 글자들이
유정란처럼 부풀고 있다, 아름다운 것들은 대체로
약간의 독기로 인해 더 아름답다는
기막히게 진부한 슬픔의 영역도 없이

햇살의 손은 차고 끈적거리는 진흙 바닥에까지 공중의 시
간을 푸르스름하게 풀어놓는다

진흙 바닥 같은 삶을 심장으로 가져본 자들은
안다, 수련 꽃봉오리가
지금 보여주려는 것이 사실은 아무에게도 말하지 못한 자
신의 심장이라는 것을

새를 따라 날아오른 저수지가

갑자기 검고 야윈 내 얼굴을 어루만진다

예감처럼 푸르스름한 박동이 차츰 진흙 바닥 속의 내 뿌
리까지 가닿는다

겨울 수련

겨울 아침, 수련 잎들이 순은純銀의 빛으로 반짝거리고
있다.

대관절 이 겨울에, 아직도 푸르게, 온몸으로 아침을 받
아들이는, 저 제의祭儀, 저 반짝거림의 신성은 어디서 온
것인가.

사랑은, 온몸 온 마음으로 세상을 다 녹이기도 하지만
온몸 온 마음으로 세상을 다 얼리기도 하는 것. 이별이 오
기 전에 시간조차 얼려 멈추게도 하는 것.

푸른 잎을,
일순 그 자리에서 영구 감금해버린, 투명한, 얇은 비닐
펼친 듯한, 저 결빙.

영하의 밤이 줄 수 있는 가장 힘찬 포옹을, 세상 그 어떤
선물보다 더 느꺼이 받아들인 수련 잎들의 결의를
아침 해는 또 이렇게 온몸으로 순은빛 사랑으로 꽃피우
고 있다.

나도 너를, 나만의 온전한 순은빛 아침으로 내 가슴에 올려놓고 싶은 마음을 이렇게나마 온몸으로 밀어붙이고 있다.

실어

　아슬아슬 손 닿지 않는 거리, 그쯤에서 너는 나와 마주
보고 있다

　네게 닿으려고 아침은 하늘 높은 곳에서
　사람이 헤아릴 길 없는 찬란한 빛의 머리카락을 가지런
히 빗질하며 내려온다

　검푸른 늪지에 은싸라기처럼 흩어져 물결 지는
　비밀한 음률들,
　그 새로운 화음에 넋 잃은 새들은
　지저귐을 나뭇가지에 남겨놓고 창공으로 새로운 노래를
찾아 떠났다

　온갖 희망의 물감 풀어 지구를 생기로 가득 차게 만드는
눈부신 시간

　그러나 실은 얼마나 깊은 수심愁心의 밤을 건너온 것인지
　아무도 모른다
　다만 그것을 다 지켜본 달이, 아직도 서산 등성이에 흰 뺨
문지르며 머뭇거리는 것을 나는 보고 있다

수련의 입술은 여전히 열리지 않고

아슬아슬 손 닿지 않는, 안타까운 그쯤의 거리,

깊어질수록 사랑은 뜨겁게 병을 앓는다

나는, 이 아침, 실어증에 걸려 있다

수련의 밤

푸른빛 물의 종이는 밤이 쓴 검은 문장에 덮여 있다.

새는 수련의 잎을 딛고 서 있다.

수련은, 가끔씩 흰 손길로 다가오는 달의 다정한 속삭임
이 들릴 때만 둥근 육체의 윤곽을 가녀리게 보여줄 뿐이다.

물에 녹아 있는 언어가 뽀글뽀글 물방울로 솟아오를 때
새는, 수련의 뜨겁고도 아픈 사랑의 속말들로 노래를 만
든다.

노래는 물의 종이에 쓰인 언어들을 공중으로 밀어 올린
다, 공중으로 솟구친 노래가 노란 입술로 천공天空 곳곳을
키스할 때
물의 종이는 수런거리는 눈부신 별들로 가득 차고
밤이 쓴 문장은 비로소 완성된다.

수련의 꿈은 이제 공기와 섞여 있다
숨 쉴 때마다 우리 폐 속으로 흡입되는 수련의 언어들,
그 꿈을 먹고 나도 수련 꽃봉오리처럼 배가 자꾸 불러지고

싶은, 푸르게 캄캄한 밤이다.

동박새를 먹은 동백꽃

바람이 세계의 입술을 얼려버리는 순간에도
화들짝, 붉은 시간을 개화시키는
마음속 너를
꺼내 저만치 밀쳐내고 내 안을 들여다본 적 있지

통증은, 비명이라도 지를 수 있지만
너 없는 자리
시커먼 덩어리의 적막
너무 커, 씨줄 날줄 너무 촘촘해
숨 쉴 수 없어 나 밤새 신음도 못 하고 까무러쳤지

언어를 버리고 도를 깨친 선사처럼 나
너를 버리면 시를 깨칠 수 있나
시뻘건 꽃 모가지를
스스로 참수한
동백의 피 묻은 말이 적막의 허공을
점자처럼 더듬고 있는 새벽

사방 길들은 어슴어슴
뱀처럼 꿈틀거리며 알몸 드러내는데

아직도 나

적막의 빈방 가로지른 관처럼 누워

동박새 울음으로 캄캄한 목구멍 틀어막는다

수련의 가을

초여름부터 내내 기다려도 꽃 피지 않던 수련.

이 가을에, 비로소, 꽃 피웠다. 드디어 핀 저 꽃은 첫 마음이 핀 것이다. 그러므로 저 꽃은 수련이 아니라 첫 마음이라 불러야 한다.

마음 가닿은 자리에 핀 꽃을 사랑이라 한다면, 첫사랑은 첫 마음의 꽃이 핀 사랑. 너의 허락 없이 너의 가슴에 들어가 첫 마음 꽃 피우고

내가 울던 그 가을.

그 가을이 컴컴해서 울고 막막해서 울고,
직박구리는 떡갈나무 숲에서 운다. 떡갈나무 마른 가지에 얹힌 햇빛의 무게만큼씩 몸속 울음을 몸 밖으로 덜어낸다.

종일 덜어내도 줄어들지 않는 울음을 먹고 꽃 핀 첫 마음 들썩이는 것을 보는가. 수련은
내 안에서 오래 잠자던 짐승을
이제는 그 무엇보다 순한 식물성 웃음으로 피워낸다.

눈물

눈물은 송곳보다 힘차게 살가죽을 뚫는다. 흐느낌 없어도 끓는 몸의 순간을 생각보다 먼저 간파하고 용암처럼 솟는다. 강철 사나이도 그 힘을 막지 못한다.

꺼내야 하는 순간 눈물을 꺼내지 못한다면 몸은 스스로 살가죽을 풍선처럼 터트리고 말 것이다. 영혼의 별은 빛을 잃고 새는 찢긴 북처럼 노래하지 못할 것이다. 눈 속의 어둠을 눈물만큼 잘 닦아낼 수 있는 것은 세계 어디에도 없으므로 눈물은 육체의 물질이 아니라 심연의 반영이다.

얼음의 시간, 암흑의 지하 동굴에 갇혀본 자는 알 것이다. 박쥐처럼 찍찍거리는 슬픔을 저으면 차갑고 캄캄한 시간이 새어 나온다는 것을. 그 공포가 숨어 있는 지하 동굴, 퇴로를 막아놓은 빙벽은 우리 속에 있다. 결빙을 뚫을 수 있는 것은 오직 세상에서 가장 뜨겁고 격렬한 눈물뿐이다.

칼의 맹세는 피 냄새를 가지지만, 태양을 보며 눈물로 이름을 새긴 맹세는 피를 정화시킨다. 70% 수분 가운데 1%도 안 되는 눈물이 짜고 뜨거운 이유도 거기 있다. 눈물은 힘이 세다.

합강정合江亭[*]

잘 때도 눈 뜨고 자는 물고기같이
합강정,
둥근 달 아래 푸른 합강정

낙동강과 남강의 합수를 지금도 보고 있다, 사백 년이나
보고도 모자라 밤낮 보고 또 보고 있다

깊다, 두물머리 포개지는 소리의 물비늘이 깎아놓은 벼
랑 끝에 한참 서 있다 돌아 나오는 사람의 눈매도
하염없어서 참 서늘하게 적요한 시간

기다림이라는 암벽과 그리움이라는 심연이 한 몸으로 포
개진 나이를 서책으로 묶는다면
마금산 작대산 첩첩 넘어와서 용화산 꼭대기로 마침내 푸
르게 치솟은 저 둥근 달만 읽을 수 있는 고백서이리라

합강정,
잘 때도 눈 뜨고 자는 물고기같이
아직도 둥근 달 아래 푸른 합강정

* 경남 함안군 대산면 소재, 낙동강과 남강이 만나는 곳에 있는 조선
  시대의 누정.

얼룩을 위한 저녁 기도

친구들과 저녁을 들고 귀가하다 소매를 보니 얼룩이 져
있다, 음식 얼룩도 커피 얼룩도 아닌

이 얼룩,

살아갈수록 얼룩 많아지는, 진심을 보는, 크고 둥근 눈을
가진 진흙소 지나간 흔적일까, 마음이
헤매는 진흙 속인 듯 질퍽거리는 도시

불빛 파도가 넘실대며 굶주린 짐승처럼 사방을 점령하
고 있다
어디로 가야 하느냐, 내 걸음 붙잡아 세우는 얼룩이

말뚝 같다,

자본주의의 바다에서 돌아온 배들을 정박시킨 부두의
말뚝,

내 어릴 때 콧물 땟물 엉겨 붙은 옷소매 핥던 누렁이 개
혓바닥 같은 바람이 또 어딘가로 바삐 떠나고 있다

어둠도 지우지 못하는 얼룩이라는 말의 말뚝이 뿌리내려

자꾸, 애처롭게, 가슴에 파고드는 늦저녁

제3부

포옹

금방金房 앞 보도블록 틈에 괭이밥풀 웅크리고 있다

흔하디흔한 풀도 귀해서 휴대폰 카메라로 나는 사진을
찍는다
금방이 배경인 풀

사람들은, 풀은 보지 않고 금방만 자꾸 보고 간다
배경 좋지 않다고 한탄하던 이웃 한 사람은, 배경에 혹해
혼사 치렀다가 1년도 채 못 넘겼지만 여전히,

풀 따윈 안중에 없다

안중에 없어서 목이 마르고 안중에 없어서 안중에 없어서
뿌리 뽑히지 않은 괭이밥풀을

햇살 몇 줄기가 꼭,
그렇게 한참, 한참 그렇게 새파랗게 끌어안고 있다.

신은 죽었다

배불리 모유 먹고
방에 젖내 가득 채우는
갓난아기의 트림.

신이 있다면
이 트림 소리로 무기를 잠재웠겠다.
이 트림 냄새로 테러와 전쟁을 막았겠다.

살해된 목련 꽃봉오리

꽃샘바람이 다녀간 뒤 목련, 목련 나무가 무더기로 죽은 봄을 쏟아낸다

나는 팔을 벌리고 산파처럼 봄의 검은 침묵을 받는다

아무리 단속해도 삶에는 냉혹한 침입자가 있어!

흉악범은 끔찍한 높이에서 어린 영혼의 순결한 꿈을 떨어뜨린다

어젯밤 살해된 아이들이 아침 햇빛의 강보에 싸인 채 뚝뚝 떨어진다

봄이 어떻게 왔는지 그 깊이를 아무도 모른다

이 시대의 군무

아침이 밀려오는 동양 최대의 철새 도래지
창원 주남저수지 하늘에
수천 수백 가마 검정콩
쏟아 뿌리는 소리 한참이나 요란하다.
상공이 그물 덮은 듯 시커멓다.
탐조객들은 카메라 셔터를 눌러댄다.
그러나 팬서비스는 길지 않다. 가창오리 떼는
볼펜으로 찍은 수천 수백만 개의 점같이
작아진다. 이윽고
소실되면서, 맑은 하늘 얼굴이 드러난다.
이토록 새파란 하늘 아래서
이토록 눈부신 새들의 군무 속에서
아무리 버둥거려도 볕 들지 않는
이 시대의 아침,
아무리 목청껏 소리쳐도 열리지 않는
이 시대 불통의 아침.
3·1 독립 만세가 걸어가고, 4·19가 걸어가고
촛불이 걸어가는 이 아침에
나는 쓴다, 수천 수백 가창오리 떼 지어 나는 것은
봄맞이 유리창 닦듯 날개를 쳐서

어두운 하늘 닦기 위해서라고.
지금 삶이 컴컴해도
내일이라는 하늘의 주인은
끝없이 날아오르는 우리들이라고.

몽고반점

묵혀둔 무서리 맞은 누렁호박
봄 되자 초록빛 감돈다
멍으로 남은 시간의 손바닥 자국인가
막 창문을 넘어선 푸른 공기가
보여주지 않으려는 생을 파고든다
이크, 큰일 났다!
발갛게 단 웅덩이 몸속에
발아한 씨, 정충이 바글바글하다

늙은 아버지, 바야흐로 회춘이다

소한小寒

삐쩍 마른 나무들이 칼바람 품었다 풀어놓기를 되풀이 하고 있다.

아무리 매서운 칼도 곡선 그리며 허공 어루만지는 저 팔들만은 베지 못한다.

그것을 눈치챈 물새들도 푸드덕 칼바람 품었다 풀며 하늘을 날아보는 것이다.

권력은 칼이 있어서 만들어지는 것 아니다.

그것을 알면 인간은 나무들 삶을 조금 더 이해하게 된다. 아, 평화로워진다.

깡마른 팔로 한천寒天을 둥글게 비질하는 저 나무들.

압정처럼 박혀 사납게 반짝이던 별들이 노랗고 부드러운 빛을 쏟는다.

바람은 칼을 버리고 나무들 품었다 풀어놓기를 되풀이 하고 있다.

한 걸음의 평등

한 걸음이 세계를 만든다
마라톤 우승자도
한 걸음을 생략하지 못한다
아무리 먼 곳도
광속의 세계도
한 걸음을 생략하고서는 가닿을 수 없다
과거와 미래라는 두 다리 사이의 현재가 그러하듯
당신과 나의 거리도
사랑과 증오의 거리, 강자와 약자의 거리도
겁의 시간도
오직 한 걸음
그 한 걸음이 오늘까지 인류를 데리고 왔다
광년 너머의 별을 향한 꿈도
불을 찾아낸 한 알 지혜의 씨앗
그 한 걸음으로부터 시작되었다
코끼리에겐 그지없이 작은
개미의 한 걸음이
코끼리는 만들 수 없는 개미굴을 만들듯
당신도 한 걸음
나도 한 걸음

한 세계를 만드는
한 걸음의 평등

재를 묻히다

선반에 놓인 종이 상자

내려보니, 쭈글쭈글 감자 몇 알

도려내고 먹기엔 이미 늦은

늙은 몸이 마지막 한 호흡을

보라색 아름다운 빛깔로 남겨놓았다

매혹적일수록 독성 강한 법

어둠 겹겹, 그 감옥의 시간을

뚫고 올라온 저 독기

나는 언제 희망을 위해

죽음을 불사했던 적이 있나

내 영혼에 온몸으로 솔라닌을 풀어놓는

참혹하게 아름다운 감자 싹

이른 봄 과수밭 한쪽 땅을 일궈

씨감자 속살에 재를 묻힌다

내 손바닥을 타고

팽팽하게 전해오는 목숨의 푸른 힘

가을 저수지

꽉 차 있던 새 떼들이 떠난 한낮
주남저수지는 다시 꽉 찬다.
심연의 바닥이고
물결의 얼굴인 텅 빈 충만.
마음 가장 깊은 곳에도 하늘이 가득 고인다.
하나의 문이
방향에 따라 입구가 되고 출구가 되듯
텅 빔과 충만도 하나의 몸.
그동안 나는
내 속에 너무 많은 것을 넣고 다녔구나.
정오를 넘어서는 시간이
잘 익은 알밤 밀어내는 밤송이처럼
깊게, 깊게 벌어지며
햇빛을 마구 쏟아낸다.
텅 비어서 꽉 차는 저 가을 저수지.

고구마 꽃

추석에 쓸 고구마 캐러 갔더니
몇 송이 고구마 꽃
장난감 같은 연분홍 나발 속에
이슬 가득 고여 있다.
밤새도록 놀다 간 별님 달님
착한 그 영혼이 꽃에게 준 선물 같다
천상에서 길어온
생명의 샘물
나도 저 물 한 모금 마시면
궁핍한 시간의 괴로움들 씻어낼 수 있을까.
슬픔의 검은 기억들 정화시킬 수 있을까.
그런 생각으로 한참을 들여다보는데
어느 순간인가 내 눈 속에서
찰랑찰랑 물소리 들리는 것 같기도 하여
귀 기울일 때
아 우주가 온통 환해지는 것이었다.
막 펴지기 시작한 햇살의 온기며 미풍도
자그마한 그 꽃 나발에 가장 먼저 와서
인사하고 노래를 시작하는 것이었다.

유심留心

노랗다 못해 불그스레하던 해바라기
아폴로의 빛에 넋을 잃고 사랑을 애원하던 해바라기

둥글게 가장자리에 나 있던 꽃잎 다 떨어진 어느 날

눈부신 형벌의 무게를 덜어내고 홀가분해진 어느 날

까만 씨앗들이 송글송글하더라
씨앗 여무는 소리가 자글자글 하오의 태양을 붙잡고 있
더라

이 가을에는 나도 격식의 저고리를 벗고
자글자글 씨앗 여무는 소리로 그 사람 손을 잡는 해바라
기이고 싶더라

저렇듯 잘 여문 침묵 들키기도 하면서
오래, 같이
한 방향으로 서 있고 싶더라

입춘

암 수술로 위를 떼어낸 어머니
집에 돌아오자 제일 먼저
세간을 하나둘씩 정리했다.

아팠다. 나는
어머니가 무엇인가를 하나씩 버리는 것이 아파서
자꾸 하늘만 쳐다보았다.

파랗게, 새파랗게 깊기만 한 우물 같은 하늘이 한꺼번에
쏟아질 것 같았다.
나는 눈물도 못 흘리게 목구멍 틀어막는 짜증을 내뱉
었다.

낡았으나 정갈한 세간이었다.

서러운 것들이 막막하게 하나씩 둘씩 집을 떠나는 봄날
이었다.

막막이라는 말이
얼마나 막막한 것인지, 그 막막한 깊이의 우물을 퍼 올

리는 봄날이었다.

　그 우물로 지은 밥 담던
　방짜 놋그릇 한 벌을 내게 물려주던 봄날이었다.
　열여덟 살 새색시가 품고 온 놋그릇이
　쟁쟁 울던 봄날이었다.

아름다운 내력

부엌 구석 자루에 담긴 고구마
삶아 먹으려고 꺼내보니
삐죽삐죽 싹이 돋아 있다
어둠 속에서
몸으로 온몸으로 생명을 싹 틔운
침묵의 비명이
내 몸을 찌른다
이 한 뿌리가 내뻗은 줄기로
밭 한 고랑이 풍성하겠고
내년 겨울도 풍성하겠지
종자가 된 고구마
봄은 이렇게 준비하는 거라고
마음의 밥은 이런 거라고
한 수 뜨겁게 가르쳐준다

한식

어머니가 다녀가셨다 환한 표정이었다
그제는 부모님 유품을 정리했고
어머니가 꽃수繡 놓으신 삼베 베갯잇 하나를 남겼다
쉰을 훌쩍 넘기고도 여전히 눈물 많은 나를 딱하게 바라
보셨다
새벽에 일어나 베갯잇 꽃잎을 헤아렸다
그 꽃잎에서 다섯 살 때까지 더듬었던 젖가슴 냄새가 났다
길 잃은 별이 밤새도록 빨아먹던 젖 냄새가 났다

그제는 부모님 유품을 정리했고
오늘 새벽엔 어머니 다녀가셨다
어머니 다녀가신 뒤 아침거리엔 젖 냄새 가득했다
나무속에서 어린 별들이 노랗고 발갛게 활짝, 활짝 달
려 나왔다
삼베 베갯잇 꽃수 놓는 소리가 천지사방 햇살처럼 퍼져
나갔다

신성한 그릇

노모가 물려준
놋그릇, 노모가 물려준 방짜 놋그릇 한 벌에
밥과 국을 담아 먹는다
묵직한 놋그릇 온기가
밥 다 먹었는데도 남아 있다
놀다가 밥때 넘기고 시커멓게 집에 와
아랫목 이불 속에 묻어둔 밥을 꺼내 먹으면
참 맛있었다
그때 그 밥그릇, 언 손도 다 녹여주던 온기
아직까지 그대로 남아 있다
세간을 하나씩 정리하던 노모가
내게 물려준 방짜 놋그릇
두 손으로 붙잡고 가만히, 한참 들여다보면
열여덟 살 시집올 때 타고 온
꽃가마가 보인다, 꽃가마 지붕을 덮던
복사꽃잎이 수북수북 하늘 물들이는 것 보인다, 살다가
오뉴월에도 마음에 서리 내려 세상이 으스스할 때
뜨신 밥 먹고 힘내라는
그 말씀 아무리 비워도 없어지지 않는다

절경

자동차 타고 꽃구경 간다.

휘어지는 것만으로도 신열身熱 불러일으키는 산길,

지난해엔 아버지 어머니 모시고
바다가 보이는 산길 달려 진해 벚꽃장에 갔지.

혁명처럼 피어 전쟁처럼 흩날리는
봄날을

그때 조금만 더 천천히 달릴걸. 그랬으면 그 봄,
1분 1초라도 더 늦은 걸음으로 갔을라나.

아버지 어머니, 이 세상에
1분 1초라도 더 머무셨을라나.

그때가 좋았다. 아버지 어머니 앞에서는
삶의 작은 구멍들도 다 절경이 되던 그날.

제4부

궁리

용추계곡 숲길에서 내 운동화 한 짝만 한 어린 산토끼
와 만났다
좁은 길 한가운데 앉아 나를 바라보는 토끼
나도 꼼짝 못 하고 토끼만 바라보는 시간
어린 토끼가 가던 길 어서 마저 가기를 간절히 바라는
시간

가볍게 바람을 쐰 뒤 얼른 돌아가야 하는, 내 사정 따위
는 아랑곳없다는 듯 보드랍게 토끼의 잿빛 털을 쓰다듬고
있는,

바람의 저 천만 개 가느다란 손가락

허공을 유영하는 멸치 떼 같은 은빛 바람의 손가락

지상의 파란을 모두 기억하는 바람도 어린 토끼 놀랄까
봐 그런 자세로 한참을 궁리하는 시간

산벚나무 아래서의 통증

대지가 검은 서랍을 열자 풀들은 파랗게 생각을 내밀어 흔들었으나 겨우내 닫혀 있던 내 생각의 상자에서 쏟아진 어둠은 파랗게 곰팡이를 피워내고 있었다

얌전한 고요가 산벚나무를 흔들자 어두운 구석에서 빈혈 앓던 생각들이 꽃과 함께 바람의 허리를 잡고 나무 아래로 뛰어내렸다

대지는 아득히 가슴 벌려 반가운 친구를 맞이하듯 감싸 안았다

꽃나무를 지나 흘러가던 길이 지워지고, 별들은 모두 지상에 내려와 꽃잎이 되었다

꽃가지가 공중에 꽃을 풀어놓고 몸에 스민 바람의 무게를 들어내듯이 가만히 목울대를 밀고 올라오는 통증

얌전한 고요가 다시 산벚나무 가지 흔드는 것을 나는 보고만 있었다

큰 책

허옇다 저 물억새꽃, 2미터가 넘는, 서걱거리는, 11월의
우포늪 물억새 숲길을 걸으며 그 물억새 몸이 발갛다는 것
을 안다 발갛게 달아올랐다가 검붉게 마른 몸에서 기린 목
처럼 쑥 뽑혀져 올라가서는 허옇게, 아니 허옇다 못해 투명
하게, 온몸으로, 높푸른 하늘을 쓱쓱 닦고 있는 꽃, 물억새
꽃 속에 파묻혀 웃음소리를, 70만 평 늪 곳곳에 풀씨처럼 쏟
느라 중천에 있던 해가, 아이고 나도 이제 좀 쉬자고, 우항
산 산마루에 붉은 딸꾹질을 풀며 우포늪 물을 한 사발 붉게
꿀꺽꿀꺽 마시는 걸 못 볼 뻔했다 그렇게 길을 열어 어스름
이 말랑말랑 만져지는 늪의 생생한 문장으로 마음을 기록하
던 일행들, 그새, 한순간, 슬쩍 늪의 속살 만졌는지, 늪 어
디서 첨벙! 달빛을 받은 잉어 뛰어오르는 소리, 그 옆에서
벌써 보름달 껴안고 허리 꺾으며 자지러지는

물억새꽃, 큰일 났다, 단체로, 무더기로 달 가는 만큼 쓰
러져 흰 길이 되는 요분질, 우리 이제 집에는 어떻게 가나?
철컥, 걸음 옮길 때마다 훤한 늪길의 덫에 치이는 문장들.

얼음이 산벚나무 발목을 꽉

비음산 용추계곡 소沼가 허연 얼음으로, 늙은 산벚나무
발목을 꽉 붙잡고 있다

연분홍 봄날을 계류로 흘려보내기만 했던 소沼가
이제 더는 그럴 수 없다고 겨울부터 미리 산벚나무를 온
힘으로 꽉 붙잡고 있는 것이다

아니, 이제 더는 용서 못 한다고 이웃 영진이 할매가 바
람난 영감님 허리춤을 꽉 붙잡고 있는 것이다

수태가 저승꽃같이 말라붙은 산벚나무
그래도 역정 한 번 내지 않는다, 뼛속 바람 소리가 거칠게
꺾어져도 삐쩍 마른 팔로 시린 하늘이나 휘휘 젓는

산벚나무
그 발목 붙잡고 입 꽉 다문 용추계곡

그러니까 소沼의 허연 얼음은 아무리 추워도 우리 오래오
래 사랑하자는 굳센 맹서인 것이다

통영의 봄은 맛있다

　참 달다 이 봄맛, 앓던 젖몸살 풀듯 곤곤한 냄새 배인, 통영여객선터미널 앞 서호시장 식당 골목, 다닥다닥 붙은 상점들 사이, 우리처럼 알음알음 찾아온 객이, 열 개 남짓한 식탁을 다 차지한, 자그마한 밥집 분소식당에서 뜨거운 김 솟는, 국물이 끝내준다는 도다리쑥국을 먹는다 나눌 분자 웃음 소자, 웃음 나눠준다는 이 집 옥호가 도다리쑥국 맛만큼이나 시원하다고 웃음 짓는 문재 형 앞 빈자리에 젊은 부부 한 쌍이 앉는다 자리 생길 때마다 누구나 스스럼없이 동석하는 분소식당 풍경이 쌀뜨물에 된장 풀어 넣은 국물 맛 같다 탕탕 잘라 넣은 도다리가, 살큼 익은 쑥의 향을 따라 혀끝에서 녹는

　통영의 봄맛, 생기로 차오르는, 연꽃처럼 떠 있는 통영 앞바다 섬들이 신열에 달뜬 몸을 풀며 바다 틈새 어딘가 숨어 있던 봄빛을 무장무장 항구로 풀어내고 있다 어어, 이것 봐라 내 가슴에도 툭툭 산수유 꽃이 피는가 보다 따뜻해진 온몸 가득 파랑처럼 출렁이는, 참 맛있다 통영의 봄.

지구의 시간

자전거 바큇살에서 아침 햇살이 은비늘로 튕겨 나온다.
책상 앞에서 며칠 밤 지새운
모래알 박힌 것만 같은 내 눈을 찌르고
공중으로 치솟아 새들의 지저귐까지 반짝이게 만드는
은비늘을 둥글게, 둥글게 굴려 가면
세상이 온통 투명 유리처럼 화안해진다.

초록 나뭇잎들이 왜 손을 흔드는지, 흰 구름이
왜 느릿느릿 흘러가는지, 그 비밀을 알 수 없는 자동차들이
쌩쌩 질주할 때 나는
길가의 풀꽃 향기를 데리고 오다
나뭇잎의 가느다란 숨소리에 귀 기울이는 바람이
가만히 내 생각 어루만져주는 것을 느낀다. 그때
내 휘파람과 눈길에 살구꽃이 핀 것 같다고
살구나무가 말해주었던 것 같다.
시간의 둥근 상상 속으로 나를 초대하는
은륜이 만들어내는 부드러운 공기들
그 공기들의 육체를 통과하는 내 아침은 경쾌하다.

이 경쾌함은 뜨거운 헐떡임과 갈증 끝에

맞이한 아침이 안겨준 멋진 선물.

잠시도 쉬지 않고 바퀴를 회전시킬 때

등줄기의 땀과 열기, 가쁜 숨이, 동맥을 타고 질주하는
심장의 피가

야생의 생명으로 나를 부려놓는다.

탱탱해진 다리 근육을 파고드는 그 야생의 기운이

내 몸속의 면역 기능 떨어진 지구를 다시 힘차게 굴리고,

숲은 공기 꽉 찬 타이어처럼 탱탱하게 차올라

만유인력의 박동 소리를 거칠게 낸다.

그러다 가끔 중력을 이탈한 행성처럼

꿈 없는 잠 속에 나타나던 희멀건 얼굴이

공중에서 가라앉는 것을 볼 때가 있다.

자기 얼굴보다 정교한 가면을 여전히 뒤집어쓴 채,

검은 수조에 가슴까지 잠그고 앉은 채,

희멀건 얼굴은 경쾌한 내 아침의 표정을

순식간에 혼란에 빠뜨리는 재주를 보여준다.

나는 고개를 가로젓는다.

고립과 강박, 경멸이 혼재한 절벽과 마주할 때

인간은 고독하고 슬퍼진다.

나는 더 힘차게 자전거 페달을 밟는다.
은륜에 튕겨 나오는 은비늘과 달콤한 공기의 아침,
여린 새들이, 공중에서 가라앉으며 사라지는
희멀건 얼굴의 그림자를 벗어나고,
안개의 강을 빠져나온 한 무리 바람 속의 레이서들이
손풍금 소리처럼 반짝대며 지나간다.

천천히 페달을 밟아도 은륜은 이제
쿵쿵, 힘차게 고동치며 공전 자전하는 내 몸속의 지구를
우주의 푸른 별로 출렁이며 떠오르게 한다.
눈부시게 경쾌한 이 길은
절망과 고통의 밤을 지새운 충혈된 눈 글썽이며
미명의 시간 헤쳐온 자들을 위해
해마다 꽃과 나뭇잎을 복원해내는 신의 정원이리.
그 별의 푸른 뱃머리에 나는
은하수처럼 반짝거리는 은비늘이
꽃다발처럼 얹힌 것을 본다.
멀고 깊은 심연의 세계,
흥건한 땀 냄새를 털어내며 지구의 시간을 굴리는
은륜의 아득한 항해.

입술 도둑

산비탈 배 밭에 배꽃 한창이다.

어쩌다 저녁때를 놓친
공복의 노을이 가장 먼저 젖어 드는 저 배 밭.

그새 입술 빨갛다.

슬쩍, 배꽃 입술 훔치고 저도
새빨개져 산등성이 넘어가는 도둑 구름.

나는 또 막차를 놓친,
망연자실, 할 말 잃은 여행객이다.

백 년 산벚나무

만개한 산벚꽃은 왜 봄밤을 앓는가

계류 물소리는 왜 쏟아지는 꽃잎 받아 안으며 가만가만
정적의 이마를 짚는가

그때 몸 밖으로 빠져나가지 못한
아픈 사랑의, 열병熱病의, 그 마음 감옥에도 속수무책 쏟
아지던 산벚꽃잎들아

달빛 없어도, 꽃 지는 소리 하이얗게 다 비치는 봄밤,
산벚나무 아래 앉아 나는
산벚나무의 푸른 피가 계류 물소리를 타고 올라 산골짜기
지나 밤하늘 궁륭까지 가닿는 소리 듣는다

조금 설익은 버찌 같은, 스무 살 첫 입맞춤의 두근거림 속
에서 풀려나던 은하수가
무작정, 어찌할 바 모르게 다시, 궁륭 복판을 흘러가는
봄밤

이 밤에는 어찌하여

뭇 별조차도

쌓아놓은 모래 자루에서 흘러나오는 금모래같이 잉잉거리며 반짝대는가, 첫 마음 가닿아 꽃피던 열병은 다시 도지려는가

산벚꽃잎은 쏟아진다

버찌의 밤을 기다리는 사랑이 하이얗게 깊어지는 맑디맑은 심연의 시간도, 나도 온몸이 다 산벚꽃잎에 덮인다

모든 그리움이 그러하듯

속수무책, 그야말로 속수무책만이 전부인 산벚나무의 백 년

먹통

전깃불을 끈다
깜깜해지는 것은 틀림없는 일
안경을 쓴 사람도, 안경을 쓰지 않는 사람도
사방 깜깜해지는 것은 틀림없는 일

불을 끄면
먹통으로 변하는 세계

날개를 달고 독수리 부리처럼 세계를 쪼던 소문도
먹통이 되는 것은 틀림없는 일

피곤과 고뇌와 두통의 스위치를 끈다
질끈 감은 눈꺼풀 속
동공도 먹통이 되는 것은 틀림없는 일

꺼도 꺼지지 않는 너를
먹통 속으로 밀어 넣을수록,
깜깜할수록 샛별처럼 빛의 뿌리를 뻗는,

생각의 숯검댕이 아궁이

불룩하게 팽창한 생각의 빛이 푸르스름 새나오는 먹통.

봄의 손

세계가 고요를 단비로 채록한 다음날이다.

때 절은 겨울 이불 빨아

초록 실로 수놓는 저 손,

느리고 느려 터져 무엇 하나 완성할 수 없을 것만 같은
저 손,

나는 하루 만에 서울 다녀오는데 하루 내내 채 몇 땀도 꿰
지 못한 미련퉁이, 옛날 같으면 소박맞기 딱 좋겠다 지청구
놓았던 게 얼마 전인데

새파랗다.

한 땀 한 땀 전심전력이 자수 기계로는 새길 수 없는,
꽃 벌 나비들의 들숨 날숨까지 수놓았다. 경계도 없다, 오
로지,

전심전력, 그 마음 하나가 깊다.

사람 사는 일도 그래야 한다는 듯 시커멓게 녹아내린 삶
의 뒷면 애간장에도 햇빛과 바람 소리 옮겨놓는, 커다란 온
기의 손,

아직도 살얼음 껴 있는 우리 마음의 개여울에도

저 손이라면, 금세 꽃수를 놓아

흰 구름 종이배 몇 척쯤은 쉬이 띄워주겠다.

껑껑, 보리밭에서 알을 낳은 꿩이 운다.

맑은 허기에 눈물 글썽하던 새끼 노루 발자국에다, 악동들의 쥐불놀이에 그슬렸던 들판에다, 액막이 방패연 걸린 동구 밖 키 큰 버드나무에다

초록 생기 밀어 넣으며

스스로 빛깔이 되고 향기가 되는 손,

느릿느릿, 그러나

전심전력, 정밀하게 환한, 시작도 끝도 없이 커다란 생명의 손.

김달진의 시계

진해 김달진문학관 유품 전시실에
낡은 시계 하나 하얗게 불빛에 반사되고 있다

'RADO' 로고 선명한 낡은 시계
'SWISS GALAXY74' 영문 표기가 아직도 또렷한 시계

1989년 6월의 어느 날일까
1시 47분 24초 SAT 20
탈골의 시간을 품은 시계
밥을 먹이면 금세 째깍째깍거릴 것 같은 시계
멈춘 시간의 육체에 밥을 먹이고 싶어
나는, 창유리에 코를 박고 숨소리 들려준다

하지만 저 시계,
자기를 정지시키면 두려움이 사라진다고 말하는 등고선 같다
죽음을 다 비워낸 공空을
내게 전이시키는 수레바퀴 같다

문학관을 휘둘러 돌아 나오는데

누가 내 어깨를 툭 친다

시간보다 시詩의 간을 먼저 보라는

침묵의 말씀들이 열무우 꽃대를 들고 하얗게 서 있다

꽃이 필 때

검은 나무 안에 장전된 탄환처럼
힘차게 뛰어나가려고 몸을 풀고 있는 불

언 땅속에서 끌어올린 맑은 물의 힘으로
화약을 어두운 약실에 밀어 넣으면
나의 불은 근질거리는 몸을 견디지 못해
부풀어 오르지.

검은 무덤 속으로 흰 눈이 빨려 들어가고
미처 알을 낳지 못한 벌레들이 얼어 죽어갈 때
그 질식할 것만 같던 시간의 공포가
벌겋게 달아올라 응축된,

헐벗은 영혼의 가느다란 가지들을 흔들던 바람과
그 가지들을 내내 빛으로 감싸 안던 별들
지상의 모든 근심에 은싸라기 뿌려
둥글게, 둥글게 굴러가게 하던 달의 문장이 새겨진,

검은 나무 안에서 이글거리다
안과 바깥의 경계를 지워버리려는 불

총열을 빠져나가는 탄환처럼 뜨겁고 힘차게

고동친다! 불의 심장
사월의 표피를 찢고 한 세계를 관통하는
검은 육체의 황홀한 절정.

태양의 따님

저 여자, 입술 참 붉다
입맞춤도 못 하겠다 타오른 정염, 다디단 그 속살에 내
몸 다 녹아버리겠다

여름날의 폭풍우가 사나흘씩 열 번도 더 멍 시퍼렇게 들
도록 후둘겨도 울음 한 번 터트리지 않던 여자
초가을 잠자리 날개 같은 볕살의 유혹에도 그저 홍조 한
번 띠고 말던 여자
그 무엇이 삶의 꺾임과 휘어짐을 먹어치운 것일까
높다란 가지 창천 가운데 걸쳐, 붉디붉으나 천박하지 않
고 매혹적이나 함부로 웃음 던져줄 것 같지 않은 여자

가을이면 노랗게 익어 추자라 부르는 치자도 있고
가을 첫머리 붉게 익혀 추희라 부르는 자두도 있지만,
서리 맞아 더 시뻘게진 늦가을 홍시
너는 태양의 따님

가을 하늘과 혼인하여 우주의 기운 나무 몸속으로 받아
들이는 태양의 따님

아무도 모르는 신음이

나무 몸피를 타고 땅으로 내려오고 있다

세상 다 녹이고도 남을 붉은 입술의 힘, 어느새 감나무

뿌리 감싸고 있다.

얼음 바위

용추계곡 바위
얼음 덮여 있다

흐르는 물을 붙잡아 허옇게 얼린 것은
바위 스스로의 침묵일 것이다
깊어서 무거운 나락으로 빠진 침묵,

침묵의 서늘한 힘이
스스로 전신을 꽁꽁 묶은 얼음 되었을 것이다

가벼워서 아픈 인생들,
그 발목을
그 숨길을
그 심장의 박동을

더는 함부로 나다닐 수 없도록 허옇게 얼린 바위 스스로
의 처절한 침묵,

그 끝에서 마삭줄 같은 물줄기가 흘러나오고 있다
침묵이 냉기의 극한에서 내뿜는

단 한 줄의 시구詩句
그 허옇고 긴 두루마리 문장에서 새나오는

시의 길은 이렇게 차고 맑다
스윽, 벼린 칼날같이 내 목덜미 지나간다

생명의 그물로 건져 올린 우주의 문장들

이형권(문학평론가)

꽃나무를 지나 흘러가던 길이 지워지고, 별들은 모두 지상에 내려
와 꽃잎이 되었다

—배한봉, 「산벚나무 아래서의 통증」 부분

1.

　시집을 열면, 먼저 "인간 삶과 자연의 아름다운 조화, 생
명력의 본질적 순수를 향한 도정에 내 시가 있기를 나는 늘
소망했다"(「시인의 말」)는 문장이 눈에 들어온다. 이 문장은
그동안 배한봉 시인이 지향해온 시적 여정과 특성을 함축
적으로 드러내 준다. 인간과 자연의 조화로운 공존 문제는
자연히 이 시집의 시편들을 전체적으로 아우르는 핵심소이
다. 혹여 의도의 오류라는 비난의 가능성을 무릅쓰고 이 문
장에 각별히 주목하는 이유는, 이 문장이 그만큼 배한봉 시
인의 시를 대변해주는 역할에 충실하다고 판단되기 때문이

다. 잘 알려진 대로 그는 자타가 공인하는 우리나라의 대표적인 생태시인이다. 그의 생태시는 자연의 오염을 고발하거나 생태 원리를 탐구하면서 사회적 가치나 인간의 윤리 문제에까지 관심을 둔다. 이런 점에서 그가 창작한 생태시의 인식론적 기반은 표층생태학이나 심층생태학, 사회생태학 등에 두루 걸쳐 있다고 볼 수 있다.

인간과 자연의 조화 문제는 그동안 동서고금의 수많은 시인들이 관심을 가져온 것이지만, 배한봉 시인은 우리 시대 이 땅의 생태 문제를 일관되게 비판해왔다는 점에서 특수성을 확보한다. 그의 시를 이해하기 위해 먼저 주목할 것은 그의 시적 출발이 이 땅에서 생태시 운동이 본격적으로 전개된 1990년대에 이루어졌다는 점이다. 이 시기에 한국 사회는 그동안의 압축적인 성장에 따른 부작용에 대해 사회 전반에서 관심을 갖던 때이다. 당시 제기되었던 생태 문제는 물질만능주의, 빈부 격차, 정경유착, 인간 소외 등의 문제와 함께 당시 우리 사회의 핵심에 해당하는 것이었다. 생태 문제는 인간다운 삶에 대한 근본적인 성찰과 관련된 것으로서 여타의 사회 문제들을 아우르는 성격이 있다. 또한 그의 생태시는 우포늪 혹은 주남저수지라는 실재의 공간을 기반으로 한다는 점에서 특이점을 확보한다. 그의 고향인 경상도의 전원은 시인이 태어나고 성장하고 현재 살아가고 있는 삶의 터전이다. 그는 미국의 생태 철학자 소로(H. D. Thoreau)가 그랬던 것처럼 스스로 자연에 살면서 자연에 가까운 언어들을 통해 자연의 시를 노래해 왔다. 그리하여 그의 생태시는 낭만적 충동이나 관념적 이상이 아니라 구체적인 삶에 밀착해 있는 실천의 언어로 구성된다.

순수 자연에서의 삶을 시적 터전으로 삼고 등장한 배한봉 시인은 이 땅의 생태 문제를 다양한 차원에서 형상화해 왔다. 그는 우포늪과 주남저수지로 표상된 순수 자연을 부단히 호명하여 우리나라를 대표하는 생태 낙원으로서의 위상을 정립해왔다. 그가 노래한 자연은 근대화의 그늘에서 문명의 그늘에 시달리는 우리들의 영혼을 정화시켜주는 역할을 해왔다. 그곳에서 살아가는 각종 동식물들은 저마다의 생태적 존재 의미를 가지고 살아가는 개체들이다. 그들은 모두 온 생명의 부분이자 전체로서 자연과 인간의 삶을 비추어 생명의 빛을 전하는 맑은 거울의 역할을 한다. 이 거울 속에서 온 생명들은 서로를 비추면서 공생 공존하는 것인데, 배한봉의 시 또한 이 거울의 역할을 한다. 그 거울은 심도가 깊은 만화경이어서 온 생명들이 저마다의 또렷한 존재 의미를 갖게 한다. 그리하여 그의 시들은 생명의 거울들 속에서 저 스스로도 또 하나의 생명이 되어 빛을 발한다.

이 시집은 그동안 배한봉 시인이 지향해온 시적 특성을 발전적으로 이어받았다. 여전히 시인은 자신이 거주하는 자연 공간을 배경으로 그곳에서의 인간다운 참살이가 무엇인지를 시적으로 탐구하고 있다. 이전과 다른 점이 있다면 생태적 언어가 더욱 정교해지고 우주적 상상력이 확대되고 있다는 점이다. 뿐만 아니라 생태시인으로서의 시적 자의

식이 빈도 높게 드러나고 있다는 점, 돌아가신 어머니와 아버지를 비롯한 가족들의 생태적 삶에 관한 이야기가 적잖이 등장한다는 점도 이전의 시집들과는 다른 모습이다. 그러나 우리가 정작 주목해야 할 것은 생태시의 자장 속에 여전히 존재하는 배한봉 시인의 일관된 시심이 아닐까 한다. 이는 다른 시인들이 대개 일시적으로 유행병처럼 생태시를 쓰다가 마는 것과 분명한 차이라고 할 수 있다. 따라서 배한봉은 1990년대 이후 이 땅에서 일관되게 생태시를 창작해온 거의 유일한 시인이다.

2.

배한봉 시인은 세상에 존재하는 모든 생명들을 향한 경배의 언어를 전해준다. 생태시인이 생명을 예찬하는 일은 아마도 당연한 것인지도 모른다. 생태시인은 언어를 통해 생명의 가치를 존중하고 고양하는 일을 담당하는 사람이기 때문이다. 그런데 생명을 예찬하는 일은 그 기원을 탐구하는 일부터 시작된다. 계보학적 관점으로 볼 때 생명의 기원은 그 이후의 생명 존재의 의의와 가치에 깊이 관련되기 때문이다. 그렇다면 생명을 예찬하기 위한 첫 단추는 생명이 어디에서 오는가에 대한 탐구가 아닐 수 없다. 그 기원에 대해 시인은 이렇게 노래한다.

암벽 틈에 나무가 자라고 있다. 풀꽃도 피어 있다.

틈이 생명줄이다.

틈이 생명을 낳고 생명을 기른다.

틈이 생긴 구석.

사람들은 그걸 보이지 않으려 안간힘 쓴다.

하지만 그것은 누군가에게 팔을 벌리는 것.

언제든 안을 준비돼 있다고

자기 가슴 한쪽을 비워놓은 것.

틈은 아름다운 허점.

틈을 가진 사람만이 사랑을 낳고 사랑을 기른다.

꽃이 피는 곳.

빈 곳이 걸어 나온다.

상처의 자리. 상처에 살이 차오른 자리.

헤아릴 수 없는 쓸쓸함 오래 응시하던 눈빛이 자라는
곳.

―「빈 곳」 전문

이처럼 이 시에서 "틈"은 생명이 오는 자리이다. 시인은
"암벽 틈에 나무가 자라고 있"는 모습에서 "틈이 생명줄"이
라는 사실을 발견한다. 만일에 "암벽"에 "틈"이 없다면 그
곳에서 "나무" 생명이 자랄 수 없으니, "틈"이 생명의 기원
이자 자리라는 것은 당연한 일이 아닐 수 없다. 그런데 일
반적으로 "사람들은 그걸 보이지 않으려 안간힘 쓴다"는 사
실에 주목한다. 보통 사람들 사이에서 어떤 사람에게 "틈"

이 있다는 것은 그 사람이 허술한 존재라는 사실을 말해주는 것으로 간주된다. 특히 근대 이후 도구적 이성주의가 지배하는 사회에서 완벽한 인간만이 살아남는 것으로 간주되어 왔다. 어떤 형태로든 빈틈을 용인하지 않았고, 사람들의 삶의 목적은 오직 그 빈틈을 메꾸는 데 있었다. 그 결과 인간 사회는 갈수록 생명의 촉기보다는 문명과 물질이 지배하는 건조하고 삭막한 곳으로 변해버렸다. 그래서 시인은 "틈"의 가치를 역설하고 나선다. "틈은 아름다운 허점"이라는 사실과 "사랑을 낳고 사랑을 기르"면서 "꽃이 피는 곳"임을 발견한다. "틈"은 빈 곳으로서 허점인 듯 보이지만 실은 생명의 기운이 넘치는 아름다운 공간으로 발견된 것이다. 새봄의 새싹들이 빈틈에서 자라나듯이, 조금은 빈틈이 있는 사람에게 마음이 가듯이, "틈"은 온갖 생명과 사랑이 발원하는 장소인 셈이다.

"틈"에서 태어난 생명은 아름답고, 그 생명들이 만들어내는 자연의 풍경 또한 아름답다. 생태시인의 기본 요건 가운데 하나는 자연과 생명에 대한 조건 없는 애정이다. 생태 오염을 비판할 때나 생태 낙원을 전망하는 일도 자연에 대한 순수한 애정에서 비롯된다. 배한봉 시인은 보통 사람들이 스쳐 지나가는 자연의 풍경 속에서 생명의 아름다움을 발견한다. 그의 적지 않은 시편들은 생명의 터전인 자연의 아름다움을 발견하는 데 바쳐진다.

해 지는 하늘에서 주남저수지로

115

새들이 빨려 들어오고 있다, 벌겋다, 한꺼번에 뚝뚝, 선
지빛으로 떨어지는 하늘의 살점 같다

  한바탕 소란스러운 저 장관
  창원공단 퇴근길 같다

  삶이 박아놓은 가슴팍 돌을 텀벙텀벙 단체로 시원하게
물속에 쏟아내는 몸짓 같다, 온몸으로 그렇게
  삶을 꽉 묶어놓은 투명한 끈을 풀고
  집으로 돌아오는 가장들,
  그 질펀한 힘이 선혈 낭자한 시간을 주남저수지 물바닥
에까지 시뻘겋게 발라놓았겠다

  장엄하다, 이 절정의 파장
  삶의 컴컴한 구덩이조차도 생명의 공명통으로 만들 줄
아는
  저 순하고 아름다운 목숨들,
  달리 비유할 것 없이 만다라의 꽃이다

  저 꽃 만져보려고 이제는 아예 하늘이 첨벙 물속에 뛰
어드는 저녁이다
                          ―「주남지의 새들」 전문

이 시는 "새들"이 저녁노을이 깔린 "주남저수지"로 돌아

오는 풍경을 묘사한다. 붉은 노을 속에 낙하하는 "새들"이 마치 "선지빛으로 떨어지는 하늘의 살점 같다"고 비유하고 있다. 이처럼 독특하게 묘사된 풍경은 시인에 의해 생명의 풍경, 혹은 우주의 풍경으로 변용된다. 시인은 그 풍경이 "창원공단 퇴근길 같다"고 하면서 자연을 인간과 연관 짓고 있다. 자연의 풍경을 인간의 삶에 빗대어 노래하고 있다. 즉 "새들"이 하루 종일 먹이를 찾아 허공과 들판을 헤맨 것과, 온종일 가족들을 위해 공장에서 일하다가 "집으로 돌아오는 가장들"을 동일시하고 있다. 또한 이 풍경 속에서 시인은 천지天地 합일의 우주적 원리를 상상한다. "새들"이 편안한 휴식을 위한 "주남저수지"로 돌아오는 광경을 "하늘이 첨벙 물속에 뛰어드는" 것이라고 본다. "새들"과 "하늘"과 "물속"이 하나가 되는 이 광경에서, 시인은 생명이 하늘과 땅과의 조화를 이루는 우주의 원리로서 "만다라의 꽃"을 발견하고 있다. 그 원리는 생태계의 전일적 상관성 속에서 생명들마다 존재 의미를 부여받는 아름다움을 만들어낸다.

배한봉 시인의 생태적 상상력은 체험적인 것과 상상적인 것 사이의 진폭이 크다. 다시 말해 그는 자신이 체험한 작은 사물이나 소소한 풍경들에서 거대한 우주적 세계를 상상하곤 한다. 그가 상상하는 우주적 세계는 지구에 존재하는 생명들과 우주의 세계가 일원론적으로 생태 시스템을 이루는 것이다. 이러한 생태 시스템을 인상적으로 보여주는 것 가운데 하나는 "수련"과 관련된 시편들인데, 이 시집에 빈도 높게 등장하는 "수련"은 물 위에 떠서 하늘과 지상을 연결하는 매개 구실을 하는 것으로 등장한다.

주남저수지, 새가 날아오르는 길에는 새벽과 아침 사이의 여운이 있다

수련 꽃봉오리들이 옹알이하며 보드랍게 빨아먹는 뿌우연 젖, 자꾸 감추고 싶어 하는 물안개의 부끄러움이 있다, 그 사이에서
차츰 저수지를 더 웅숭깊게 하는, 촉촉하게 젖은 아침의 마알간 눈

그 눈빛이 너를 불러온다
아직도 마음 한쪽 끝이 붙잡고 있는, 공복의, 파릇한 허기 같은 그리움

일제히 물안개 지우며 선명하게 펼쳐지는 저수지 풍경같이
햇살 속에 놓여져 이제는 스스로도 어쩔 수 없는
마음이 투두둑, 터지는 실밥 같은, 수련 꽃봉오리를 열려는지 다문 입 자꾸 움찔거린다

새 떼를 떠메고 날아올랐던 저수지가 시퍼렇게, 드높은 하늘이 되는 순간이다
—「수련을 위하여」 전문

118

이 시는 주남저수지의 아침 풍경을 배경으로 한다. "수련 꽃봉오리들"이 아침의 물안개에 싸인 모습을 어미의 "뿌우연 젖"을 빨아먹는 것이라고 상상한다. 또 "수련 꽃봉오리들"을 누군가를 그리워하는 "촉촉하게 젖은 아침의 마알간 눈"이라고 상상하기도 한다. 어쨌든 저수지 물 위의 "수련"이 아름다운 생명의 표상으로 형상화되고 있는 것이다. 또한 시간이 지나면서 햇살이 물안개를 거두어갈 때 즈음에 "수련 꽃봉오리"가 개화를 하려는 순간을 "다문 입 자꾸 움찔거린다"고 비유한다. 그런데 시인은 이러한 모습에서 "저수지가 시퍼렇게, 드높은 하늘이 되는 순간"을 발견한다. "수련"의 개화를 "저수지"의 물과 "하늘"을 연결하는 매개체로서 천지합일의 순간이라고 본 것이다. "수련"의 이와 같은 이미지를 보여주는 시편들은 이 시집(2부)에 자주 등장하는데, 「신화의 탄생」, 「비」, 「수련을 기다리며」, 「수련의 아침」, 「수련의 가을」, 「겨울 수련」, 「실어」, 「수련의 밤」 등이 그것이다. 이들 시에서 시인은 물 위에 피는 "수련" 꽃의 생리적 특성으로부터 지상과 천상을 연결하는 우주수宇宙樹의 이미지를 연상해낸다.

천지합일 혹은 전일적 세계 인식은 생태적 인식의 기본에 해당한다. 그것이 확대되면 지구 너머의 우주적 인식으로까지 나아간다. 사실 우주적 인식이라는 것은 그렇게 거창한 것이 아니다. 지구상에 존재하는 모든 것들은 태양계의 자장 속에 존재하는 것이 우주적 인식의 출발점이다. 그리고 지구는 태양계의 일부이고, 태양계는 은하계, 은하계는 우주 속에 존재하는 것이며, 지상의 작은 모든 생명들은 그러한 우주 질서 속의 일부분으로 존재하는 것이다.

　봄날 나무 아래 벗어둔 신발 속에 꽃잎이 쌓였다.

　쌓인 꽃잎 속에서 꽃 먹은 어린 여자아이가 걸어 나오고, 머리에 하얀 명주 수건 두른 젊은 어머니가 걸어 나오고, 허리 꼬부장한 할머니가 지팡이도 없이 걸어 나왔다.

　봄날 꽃나무에 기댄 파란 하늘이 소금쟁이 지나간 자리처럼 파문지고 있었다. 채울수록 가득 비는 꽃 지는 나무 아래의 허공. 손가락으로 울컥거리는 목을 누르며, 나는 한 우주가 가만가만 숨 쉬는 것을 바라보았다.

　가장 아름다이 자기를 버려 시간과 공간을 얻는 꽃들의 길.

　차마 벗어둔 신발 신을 수 없었다.

　천 년을 걸어가는 꽃잎도 있었다. 나도 가만가만 천 년을 걸어가는 사랑이 되고 싶었다. 한 우주가 되고 싶었다.
　　　　　　　　　　　　　　　　　　—「복사꽃 아래 천 년」 전문

　이 시에서 "복사꽃"이 자연을 제유하는 것이라면, "천 년"은 자연이 지닌 연속적 시간성을 상징한다. 시상의 모티브는 "신발 속에 꽃잎"이다. 그 속에서 "여자아이" "어머니" "할머니"가 "걸어 나"온다는 상상은 자연의 시간적 연속성을 형상화한 것이다. 실제로 백 년 전, 천 년 전에도 "복사꽃"은 피었을 것이고, 그 시절의 한 여자뿐 아니라 그 어머니, 그 어머니의 어머니까지도 그 꽃의 아름다움으로 인생을 애틋하게 장식했을 터이다. 주지하듯 자연의 생명력은 불교의 윤회사상이나 기독교의 영생사상에서도 엿볼 수 있듯이 끝없는 순환의 과정 속에 존재한다. 시인은 이러한 시간적 연속성이 "우주"라고 하는 공간적 무한성으로 확대되어 나아가면서, 자연은 시공 양면에서 절대적 차원을 간직한 존재라는 생각에 이른다. 사소한 자연 현상에서 궁극의 생명 원리를 발견한 것이다. 더욱이 "채울수록 가득 비는 꽃 지는 나무 아래의 허공"에서 무한 공간으로서의 "우주"를 상상한 것은, 채움과 비움이 맞물려 있는 자연의 역설적 존재 원리를 깨달은 것이라 할 수 있다.

　시인은 이처럼 하나의 자연 현상에서 우주적 시간뿐 아니라 우주적 공간과 함께하는 인간 생명의 역사적 존재감을 발견하고 있는 셈이다(졸고, 「푸른 은유의 숲을 찾아서」에서 발췌). 마지막 연에서 "천 년을 걸어가는 사랑" 또는 "우주가 되고 싶었다"는 것은 인간의 "사랑"도 우주와 상관적으로 존재한다는 사실을 말해준다. 우주의 상생 원리와 타자를 품는 "사랑"의 원리가 다르지 않다고 본 것이다. 이러한 상상은 다른 시에서도 "둔치의 자운영 한 무더기가, 저도/ 천 년 사랑이 되고 싶다는 듯/ 자줏빛 꽃구름 그림자를 강물에 흘리는 오후다."(「주남돌다리」)에서도 나타난다. "자운영"이라는 하나의 식물이 우주적 시공간을 배경으로 하는 영원한 사랑의 표상으로 상상되면서 인간과의 상관적 존재로 태어난다. 이처럼 지상의 생명과 우주의 상관성에 대한 인식은 다른 시편들에서도 빈도 높게 나타난다.

1)
자꾸 먼 곳이 만져졌다.
별이 한 번 떴다 지면 백 년이 고인다는 먼 곳.

지구의 목덜미에 찍힌 우주의 지문이 다 보였다.
너무 맑아서 담백하게 외로운
먼 곳이 자꾸, 지구인들의 거주지로 걸어오는 것 보였다.
　　　　　　　　　　　　　　　　　—「붉은 달」 부분

2)
그리움은 모두 혁명이다.

우주에서 어둑한 무게를 들어낸 만큼 수련 꽃봉오리들
이 잠 깨고 있다. 그러나 인간의 눈에는 아주 가늘게
　여인들이 미끄러져 내린다. 무어라 무어라 귓속말을 하며
아주 먼 곳에서 가까운 곳으로, 나와 더 가까운 곳으로⋯⋯.
　　　　　　　　　　　　　　　　　—「비」 부분

이 시구들은 지구 너머의 우주적 공간을 상상하고 있다. 1)에서 "붉은 달"은 지구의 인간이 우주적 상상을 할 수 있게 하는 매개이다. 인간은 가시적으로 보이는 달이나 별을 통해 지구 너머의 세계를 상상하기 마련이다. 이 시에서 "붉은 달"은 그러한 우주적 상상의 매개로서 "지구의 목덜미에 찍힌 우주의 지문"을 노래한다. 지구와 달과 우주가 일체적으로 존재한다는 생태적 이치를 노래하고 있는 것이다. 이는 "달은 자꾸 아이를 낳아요 달의 뱃속에 어제저녁의 태양이 들어 있는지 모르죠 그렇지 않다면 수련이 배가 불러 터질 때까지 달에게 아침을 빌려줄 리 없지요."(「신화의 탄생」)라는 시구에서도 비슷한 상상력을 보여준다. 2)는 아침을 맞이하는 "수련 꽃봉오리들"의 모습을 "우주에서 어둑한 무게를 들어낸" 것으로 인식한다. 수상에 피어 있는 "수련 꽃봉오리들"이 "우주"와의 연관성 속에 존재하는 것으로 보는 것이다. 또한 "비"를 "여인들"로, "수련"을 "사내들"로 비유하면서 자연이 지닌 음양의 원리를 노래하고 있다. 비 오는 날의 수련의 모습에서 남녀의 사랑을 연상하고 있는 것인데, 이는 사랑이 지닌 타자에 대한 환대의 속성이 자연과 우주에도 그대로 존재한다는 인식과 관계 깊다.

배한봉의 시가 우주적 상상을 펼친다고 하여 인간 사회에 대한 구체적인 인식을 결여하고 있는 것은 아니다. 그의 우주적 상상은 이 지상에서의 인간 혹은 인생에 대한 인식을 기반으로 이루어진다. 그것은 인간의 삶이 문명이라는 이름의 속악한 욕망에 젖어 있다는 사실에 대한 비판적 인

식에서 비롯된다. 시인은 "권력은 칼이 있어서 만들어지는
것 아니다."(『소한』)라는 인식을 분명히 하는 가운데, "한 세
계를 만드는/ 한 걸음의 평등"(『한 걸음의 평등』)을 지향해나가
는 생명 평등주의의 가치를 구현하고자 한다

  친구들과 저녁을 들고 귀가하다 소매를 보니 얼룩이 져
  있다, 음식 얼룩도 커피 얼룩도 아닌

  이 얼룩,

  살아갈수록 얼룩 많아지는, 진심을 보는, 크고 둥근 눈
  을 가진 진흙소 지나간 흔적일까, 마음이
    헤매는 진흙 속인 듯 질퍽거리는 도시

  불빛 파도가 넘실대며 굶주린 짐승처럼 사방을 점령하
  고 있다
    어디로 가야 하느냐, 내 걸음 붙잡아 세우는 얼룩이

  말뚝 같다,

  자본주의의 바다에서 돌아온 배들을 정박시킨 부두의
  말뚝,

  내 어릴 때 콧물 땟물 엉겨 붙은 옷소매 핥던 누렁이 개

헛바다 같은 바람이 또 어딘가로 바삐 떠나고 있다

　어둠도 지우지 못하는 얼룩이라는 말의 말뚝이 뿌리내
려

　자꾸, 애처롭게, 가슴에 파고드는 늦저녁

　　　　　　　—「얼룩을 위한 저녁기도」 전문

　이 시에서 "얼룩"은 도시 공간에서 경험하는 반생태적 삶
을 상징한다. 중심 소재인 "얼룩"은 "음식 얼룩도 커피 얼룩
도 아닌" 것으로 보아 그것은 공해公害의 흔적이거나 마음의
상처라고 추정할 수 있다. 그것은 인간의 욕망과 자본의 부
정적 측면으로서 "진흙 속인 듯 질퍽거리는 도시"에서의 현
대적 삶을 지배한다. 그래서 시인은 "얼룩"을 "자본주의의
바다에서 돌아온 배들을 정박시킨 부두의 말뚝"이라고 표
현한 것이다. 이 시에서 문제 삼는 "자본주의"는 반생태적
인 생산 시스템이다. 자본주의 체제는 생산성 향상을 위한
다는 명목으로 인간의 욕망을 부추기면서 무한 경쟁을 부추
긴다. 약육강식의 잔인한 논리가 지배하는 자본주의 사회
는 빈익빈 부익부의 현상이 고착화되어 대다수의 희생으로
일부의 자본 귀족들만이 화려한 삶을 영위한다. 그래서 시
인은 자신의 "소매"에 묻은 "얼룩"에서 속악한 자본과 잔인
한 도시의 흔적을 발견하고는 그것이 자신의 마음을 구속하
는 "말뚝"이라고 본 것이다. 이때 시인은 자신이 그런 것에
얽매여 살아간다는 사실에 대해 성찰을 한다. 그것은 "어둠
도 지우지 못하는 얼룩이라는 말의 말뚝"이라는 인식일 터,

한 시인으로서 자본과 도시의 부정적 문제를 해결할 수 없는 자신을 직시하는 것이다. 이 성찰은 반생태적 세상과 그것을 개선하지 못하는 자신을 동시에 대상으로 한다는 점에서 진솔성이 배가된다.

상생과 평화의 생태적 원리가 작동하지 않는 오늘의 문명 세계에 대한 배한봉 시인의 인식은 절박하다. 그는 목련꽃의 낙화마저도 "아무리 단속해도 삶에는 냉혹한 침입자가 있어!// 흉악범은 끔찍한 높이에서 어린 영혼의 순결한 꿈을 떨어뜨린다"(「살해된 목련 꽃봉오리」)고 인식한다. 세상은 "테러와 전쟁"(「신은 죽었다」)이 끊이지 않는 곳일 뿐만 아니라 "아무리 버둥거려도 볕 들지 않는/ 이 시대의 아침,/ 아무리 목청껏 소리쳐도 열리지 않는/ 이 시대 불통"(「이 시대의 군무」)을 비판한다. 이런 세상은 자연을 닮은 건강한 생명이 사라진 곳으로서 물질만능주의라는 반생태의 원리가 지배한다.

금방金房 앞 보도블록 틈에 괭이밥풀 웅크리고 있다

흔하디흔한 풀도 귀해서 휴대폰 카메라로 나는 사진을 찍는다
금방이 배경인 풀

사람들은, 풀은 보지 않고 금방만 자꾸 보고 간다
배경 좋지 않다고 한탄하던 이웃 한 사람은, 배경에 혹해 혼사 치렀다가 1년도 채 못 넘겼지만 여전히,

풀 따위 안중에 없다

안중에 없어서 목이 마르고 안중에 없어서 안중에 없어
서 뿌리 뽑히지 않은 괭이밥풀을

햇살 몇 줄기가 꽉,
그렇게 한참, 한참 그렇게 새파랗게 끌어안고 있다.

—「포옹」전문

이 시는 물질적 "배경"을 앞세워 살아가는 사람들을 비
판하고 있다. "금방"은 그러한 물질적 배경을 상징하는 것
으로서 시인이 관심을 갖는 "괭이밥풀"과 대비된다. 시인
이 문제 삼는 것은 "사람들은, 풀은 보지 않고 금방만 자꾸
보고 간다"는 점인데, 이는 자연의 순수한 아름다움보다는
화려한 물질에 현혹되어 살아가는 사람들의 모습을 상징한
다. 사람을 볼 때도 사람 자체보다는 그의 "배경"을 먼저 보
다가 낭패를 보기도 한다. 그러나 "괭이밥풀"로 표상된 자
연은 인간과는 다르다. 인간은 자연에 그다지 커다란 관심
을 두지 않지만, 그렇기 때문에 오히려 자연은 생명력을 오
래도록 유지할 수 있다. 역설적이게도 "괭이밥풀"은 사람들
의 "안중에 없어서 목이 마르고 안중에 없어서 안중에 없어
서 뿌리 뽑히지 않"는다. 인간의 관심이 없어서 "괭이밥풀"
은 "햇살 몇 줄기가 꽉" 잡아 "포옹"을 해주면서 "새파랗게"
생명력을 유지해나갈 수 있는 것이다. 이 시는 결국 자연은

인간과 무관하게 저 스스로(自) 그렇게(然) 존재한다는 생태 원리를 전경화한 작품이다.

자연은 저 스스로 자족적으로 존재하는 순수한 생명의 표상이다. 그곳에는 인간 세계를 지배하는 무한 욕망도 없고 물질에 대한 맹신도 없다. 그곳의 생명들은 저 스스로 존재 의미를 간직하면서 상관적으로 상생하며 존재할 뿐이다. 언제부턴가 자연은 힐링Healing의 소재로서 자주 거론되는데, 이는 자연이 문명에 의존하는 현대인의 삶에서 잃어버린 순수성과 건강성을 회복하는 데 많은 역할을 할 수 있다고 보기 때문이다. 배한봉의 시에서도 자연은 힐링을 제공하는 것으로 적잖이 등장한다.

대지가 검은 서랍을 열자 풀들은 파랗게 생각을 내밀어 흔들었으나 겨우내 닫혀 있던 내 생각의 상자에서 쏟아진 어둠은 파랗게 곰팡이를 피워내고 있었다

얌전한 고요가 산벚나무를 흔들자 어두운 구석에서 빈혈 앓던 생각들이 꽃과 함께 바람의 허리를 잡고 나무 아래로 뛰어내렸다

대지는 아득히 가슴 벌려 반가운 친구를 맞이하듯 감싸 안았다

꽃나무를 지나 흘러가던 길이 지워지고, 별들은 모두 지

상에 내려와 꽃잎이 되었다

　꽃가지가 공중에 꽃을 풀어놓고 몸에 스민 바람의 무게
를 들어내듯이 가만히 목울대를 밀고 올라오는 통증

　얌전한 고요가 다시 산벚나무 가지 흔드는 것을 나는 보
고만 있었다
—「산벚나무 아래서의 통증」 전문

　시의 모두 부분에서 화자는 자연인 "풀들"과 인간인 자신
을 대비시키고 있다. 새봄에 새싹들이 돋아나는 광경을 보
면서 건강한 자연과 대비되는 자신의 어지러운 "생각"을 고
백하고 있다. 두 번째 연에서 이 시의 중심 소재인 "산벚나
무"가 등장하는데, 화자는 이 꽃나무에 자신의 어지러운 마
음을 투사한다. 바람결에 꽃잎이 떨어지는 모습을, "얌전한
고요가 산벚나무를 흔들자" "빈혈 앓던 생각들이 꽃과 함께
바람의 허리를 잡고 나무 아래로 뛰어내렸다"고 표현한다.
산벚나무의 낙화와 자신의 낙담落膽을 동일시하고 있는 것
이다. 그런데 정작 중요한 것은 "대지"가 화자의 어지러운
마음을 넉넉한 마음으로 "감싸 안아"준다는 사실이다. 대자
연을 표상하는 "대지"는 대지모大地母의 포용심을 발휘하는
존재로서 속악한 인간의 생각들을 포용하고 위무하고 정화
를 해준다. 이 순간 "꽃나무를 지나 흘러가던 길이 지워지
고, 별들은 모두 지상에 내려와 꽃잎이 되었다". 이것은 인

간의 속악한 문명인 "길"이 사라지고 자연의 순수한 "별들"
이 지상에 내려앉는 시원적 순수의 세계이다. 이곳에서 화
자가 느끼는 "목울대를 밀고 올라오는 통증"은 정화의 세계
로 들어서는 통과제의의 고통이다.

순수한 자연의 세계가 속악한 인간을 정화하는 기능을 담
당한다는 인식은 이 시집에서 빈도 높게 나타난다. 가령 "종
일 덜어내도 줄어들지 않는 울음을 먹고 꽃 핀 첫 마음 들썩
이는 것을 보는가. 수련은/ 내 안에서 오래 잠자던 짐승을/
이제는 그 무엇보다 순한 식물성 웃음으로 피워낸다"(「수련의
가을」)고 한다. 이 시구에서 수련은 자연을 표상하는데, 그것
은 인간의 세속에 찌든 나를 정화하는 기능을 한다.

3.

배한봉 시인이 이 시집에서 보여준 시적 인식의 바탕은
지상의 생명들은 상호 간에 상생의 관계로 존재하는 것이
며, 그 관계는 지구뿐만 아니라 태양계와 그 너머의 우주 차
원으로까지 확장될 수 있다는 생각이다. 이것은 입자물리
학자이자 생태학자였던 카프라(F. Capra)가 말했던 '생명의
그물'(The Web of Life)과 다르지 않은 것이다. 지구상의 생
물들뿐만 아니라 나와 타자, 나와 사회는 모두 하나의 시스
템으로 연결되어 있는 강력한 네트워크라는 인식을 하고 있
는 것이다. 그런데 '생명의 그물'은 외부의 생명들 사이뿐만

아니라 한 인간의 내면세계 혹은 시인의 상상세계와도 연결
된다. 그 연결 관계는 시를 쓰는 일은 생명을 얻는 일로서
그 생명은 시와 마찬가지로 역설의 원리에 의해 존재한다는
사실에서 확인된다. 이런 관점에서 배한봉 시인에게 시의
진리와 생명의 진리는 다르지 않기 때문에, 시를 쓰는 일은
곧 반생명적인 것들을 비판하면서 생명의 가치를 고양하는
일과 일치하게 된다.

꽉 차 있던 새 떼들이 떠난 한낮
주남저수지는 다시 꽉 찬다.
심연의 바닥이고
물결의 얼굴인 텅 빈 충만.
마음 가장 깊은 곳에도 하늘이 가득 고인다.
하나의 문이
방향에 따라 입구가 되고 출구가 되듯
텅 빔과 충만도 하나의 몸.
그동안 나는
내 속에 너무 많은 것을 넣고 다녔구나.
정오를 넘어서는 시간이
잘 익은 알밤 밀어내는 밤송이처럼
깊게, 깊게 벌어지며
햇빛을 마구 쏟아낸다.
텅 비어서 꽉 차는 저 가을 저수지.

　　　　　　　　　　　　　　　　—「가을 저수지」 전문

자연이 순수하고 아름다운 세계라는 말에 동의를 한다면, 시 또한 궁극적으로 그런 세계를 지향하는 것이니 두 세계는 동질적이다. 그리고 그러한 세계가 성립될 수 있는 것은 두 세계가 모두 역설을 통해 아름다움 혹은 진리를 현현하기 때문이다. 그 역설의 원리는 "새 떼"가 떠난 "가을 저수지"에서 "텅 빈 충만"을 발견하는 데서 구체화된다. "새 떼"가 떠난 자리는 텅 빈 것 같지만, 달리 생각해보면 그 자리에 "하늘"과 물결이 제 모습을 드러내는 것이니 텅 빈 것만은 아니다. 오히려 텅 비어 있기에 "새 떼들"로 시끄러웠을 때 망각하고 있었던 많은 것들을 발견한다. "내 속에 너무 많은 것을 넣고 다녔구나"에서처럼 자신의 내면세계와, "햇빛을 마구 쏟아낸다"에서처럼 생명의 원천인 빛을 발견한 것이다. 그렇다면 텅 빈 "가을 저수지"에서 오히려 인생과 자연에 관한 깨달음의 충만을 느끼고 있으니 "텅 비어서 꽉 차는 저 가을 저수지"라는 역설이 성립하는 것이다.

　　시와 자연의 동일시는 시 창작의 고통과 자연의 시련이 다르지 않다는 인식의 결과이다. 가령 "먹장구름이다. 우박 폭우를 동반한 폭풍// 덩어리, 덩어리째 마음 캄캄한 축생아. / 문장이라는 짐승이 시커멓게, 떼로, 누 떼가 강 건너듯 삶을 건너고 있다."(「침묵의 기원」)는 시구는 흥미롭다. 마음의 혼란을 극복하여 아름다운 시의 세계로 나아가고자 하는 열망을 "누 떼가 강 건너듯 삶을 건너고 있다."고 표현한다. "누 떼"가 생명의 초원을 찾아 위험한 "강"을 건너듯, 시인도 일상의 삶이 부과하는 시련의 "강"을 건넌다고 한 것이다. 이는 마치 "침묵이 냉기의 극한에서 내뿜는/ 단 한 줄의 시구詩句/ 그 허옇고 긴 두루마리 문장에서 새나오는// 시의 길은 이렇게 차고 맑다"(「얼음 바위」)는 인식과 상통한다. 그리하여 반생명적 시련을 극복하고 한 편의 명시를 쓰는 일은 자연이 꽃을 피우는 일과 다르지 않다.

꽃시장 상점마다 백합 수선화 아네모네…… 둥근 알들이
한 자루씩 붓을 힘차게 뽑아 들고 있다
봄에 대한 명시를 쓰려는 것이다
모필毛筆의 반쯤 열린 분홍 입속에서
은밀하게 성숙되는 꽃의 시
한 번만 읽어도 감동 잊히지 않는
새 어법의 향긋한 시행들이
겨울 새벽의 미농지 위에 노랗게 또는 발갛게
처음이라 더 달큰한 꽃 몸살로 기록되고 있다.

한 자루 붓을 뽑아낸 알의 힘은
당신에 대한 그리움이다
기다림이라는 붓끝에서 개화하는
신생의 목록은 아기 심장처럼 두근거리고 있다
비루한 시간들을 견디게 한
꽃이라는 불이 켜지고
죽음보다 힘센 절망의 그림자를 덜어내는

그 불빛만큼 당신을 기다려온 사람도 환하게 켜진다.

나는 지금 꽃의 시가
그리움의 세포와 세포 사이에
맑은 종소리로 채워지는 소리를 듣는다
이 종소리를 기억하는 한
겨울을 건너지 못할 사람은 없을 것이다
꽃의 문장은 꽃샘의 질투 때문에 더 아름답고
우리 걸어가야 할 길은
그 문장으로 인해 오래 따뜻하고 환하다.

—「명시」 전문

　이렇듯 배한봉 시인의 생태시는 생명의 원리와 일치한
다. 이 시에서 알뿌리 식물들이 새봄을 맞이하여 새싹을
돋아내는 것을 "한 자루씩 붓을 힘차게 뽑아 드"는 것이라
고 본다. 그리고 꽃을 피우는 일을 "한 번만 읽어도 감동
잊히지 않는/ 새 어법의 향긋한 시행들"을 짓는 것과 같다
고 한다. 식물들의 발아와 개화를 "명시"의 창작에 비유
하고 있는 것이다. 흥미로운 발상이다. 사실 시라는 것이
아름다움을 창조하는 일이라면, 봄의 초록과 꽃들은 아름
다운 "명시"라고 보지 않을 수 없다. 그리고 그 명시의 모
티브는 "그리움" 혹은 "기다림"이다. 실제로 한 송이의 꽃
을 피우기 위해 얼마나 많은 "그리움"과 "기다림"이 필요
한가? 봄에 대한 "그리움"과 "기다림"이 결국은 개화라고

하는 아름다운 절정을 도래하게 한다. 그것은 "비루한 시간"을 견디어내고 "죽음보다 힘센 절망의 그림자를 덜어내는" 일과 다르지 않다. 이처럼 "불빛"과 같은 "꽃"은 아무리 고통스러운 사람도 희망과 행복의 세계로 안내하는 에너지이다. 그리하여 시인은 "꽃의 시"로 "겨울을 건너지 못할 사람은 없을 것이다"라고 단언하면서, "우리 걸어가야 할 길은/ 그 문장으로 인해 오래 따뜻하고 환하다."고 말하는 것이다.

　이렇듯 생명의 원리와 시의 원리를 동일시하는 것은 배한봉의 생태시가 지닌 기본적 특성이다. 그의 생태시가 추구하는 생명의 원리는 자연의 원리, 혹은 생태계의 상관적, 순환적 원리와 다르지 않다. 그가 발견한 자연은 작은 풀에서부터 우주까지를 아우르는 것으로서 온갖 생명들이 순환하고 상생하는 건강한 생태계를 의미한다. 그의 시 쓰기가 이처럼 전적으로 자연의 원리에 기대는 것은 그의 인생살이에서 비롯된 것이라고 말할 수 있다. 그는 한평생을 살아온 우포늪, 주남저수지, 과수원 등 자연과 함께하는 전원적 삶을 영위하면서 시를 써왔다. 그래서 그의 시심은 "붉은 능금 향긋하여 나는 먹을 수 없네"(「능금」)라고 노래할 만큼 상생과 평화와 연민의 마음으로 채워져 있다. 따라서 이번 시집은 자연을 존중하고 그곳에 존재하는 생명들과 함께 살아온 배한봉 시인의 아름다운 생태 일기장이다. 이 일기장을 펼치면 생명의 그물로 건져 올린 우주의 문장들이 별똥별처럼 우리의 마음 한복판을 휙 지나간다. 속악한 문명과 욕망으로 이지러진 문명인들에게 각성과 성찰을 요구하는 이 문장들을 우리는 "명시"라고 불러야 하지 않을까?